Der letzte Baum

EIN SAMEN DER HOFFNUNG

Luke Adam Hawker

Pattloch

First published in Great Britain in 2023 by Ilex, an imprint of Octopus Publishing Group Ltd
Carmelite House
50 Victoria Embankment
London EC4Y 0DZ

Ein Imprint der Verlagsgruppe Droemer Knaur GmbH & Co. KG, München

Printed in China

GTIN 978-3-629-00955-5
www.geschenkverlage.de

5 4 3 2 1

MIX
Papier | Fördert gute Waldnutzung
FSC® C008047

So viele Menschen waren an der Entstehung dieses Buches beteiligt.

Vielen Dank an meine Familie, die es viele Monate lang ertragen hat, dass ich mit meinen Gedanken bei diesem Buch und nicht mit ihnen im gleichen Raum war. Eure Unterstützung, euer Verständnis und euer Stolz bedeuten mir sehr viel. Vor allem an meine Frau Lizzie: Die Gründe, für die ich dir dankbar bin, könnte ich nicht auf 64 Seiten zusammenfassen.

Danke an Harry, meinen kleinen Sohn. Dein Vater zu sein ist die größte Herausforderung und Ehre in meinem bisherigen Leben. Du hast mir schon so viel beigebracht und wirst es zweifellos auch weiterhin tun. Ich liebe dich über alles.

Danke an meinen Bruder John Hawker dafür, dass du mein bester Freund und ein fantastischer Sprachkünstler bist.

Vielen Dank an meine Assistentin Laura Mochrie. Ich bin mir ziemlich sicher, dass deine harte Arbeit im Studio einen Nervenzusammenbruch meinerseits verhindert hat, und deine ehrliche Meinung war unglaublich wichtig in der Schlussphase des Buches.

Danke an meine junge Nachbarin Olive, die gleichzeitig Muse und Protagonistin in diesem Abenteuer ist. Ich hoffe, dir gefällt dieses Buch.

Ich danke dem ganzen Team hinter dem Buch bei Ilex und Octopus Publishing Group: Denise Bates, Ben Gardiner, Rachel Silverlight, Jeannie Stanley und Caroline Alberti. Ein besonderer Dank geht an Ellie Corbett, mit der ich viele lange, angenehme, anstrengende, verwirrende, aber letztlich produktive Diskussionen führte, die dazu beigetragen haben, dass dieses Buch etwas ist, auf das wir alle stolz sein können.

Danke an Marianne Laidlaw, die mich in die Welt der Bücher eingeführt und dazu beigetragen hat, dass *Gemeinsam* solch ein Erfolg wurde.

Vielen Dank an diejenigen, die den Weg für Bildergeschichten geebnet haben, insbesondere Shaun Tan und Charlie Mackesy. Eure Arbeit ist eine Inspiration für mich und so viele andere.

Danke an alle, die meine Leidenschaft für das Zeichnen und das Geschichtenerzählen über die Jahre hinweg unterstützt haben. Ich fühle mich sehr geehrt, Bücher mit meinen Zeichnungen zu füllen, und ihr seid diejenigen, die das möglich gemacht haben.

Und schließlich geht mein Dank an alle Baumliebhaber der Vergangenheit, Gegenwart und Zukunft.

P.S. Entschuldigung an meinen Hund Robin dafür, dass du nicht in diesem Buch vorkommst. Ich weiß, dass du ziemlich wütend sein wirst.

Für Harry, meinen Jungen

Olivia wurde immer als Letzte
von der Schule abgeholt.

Aber das Warten
lohnte sich.

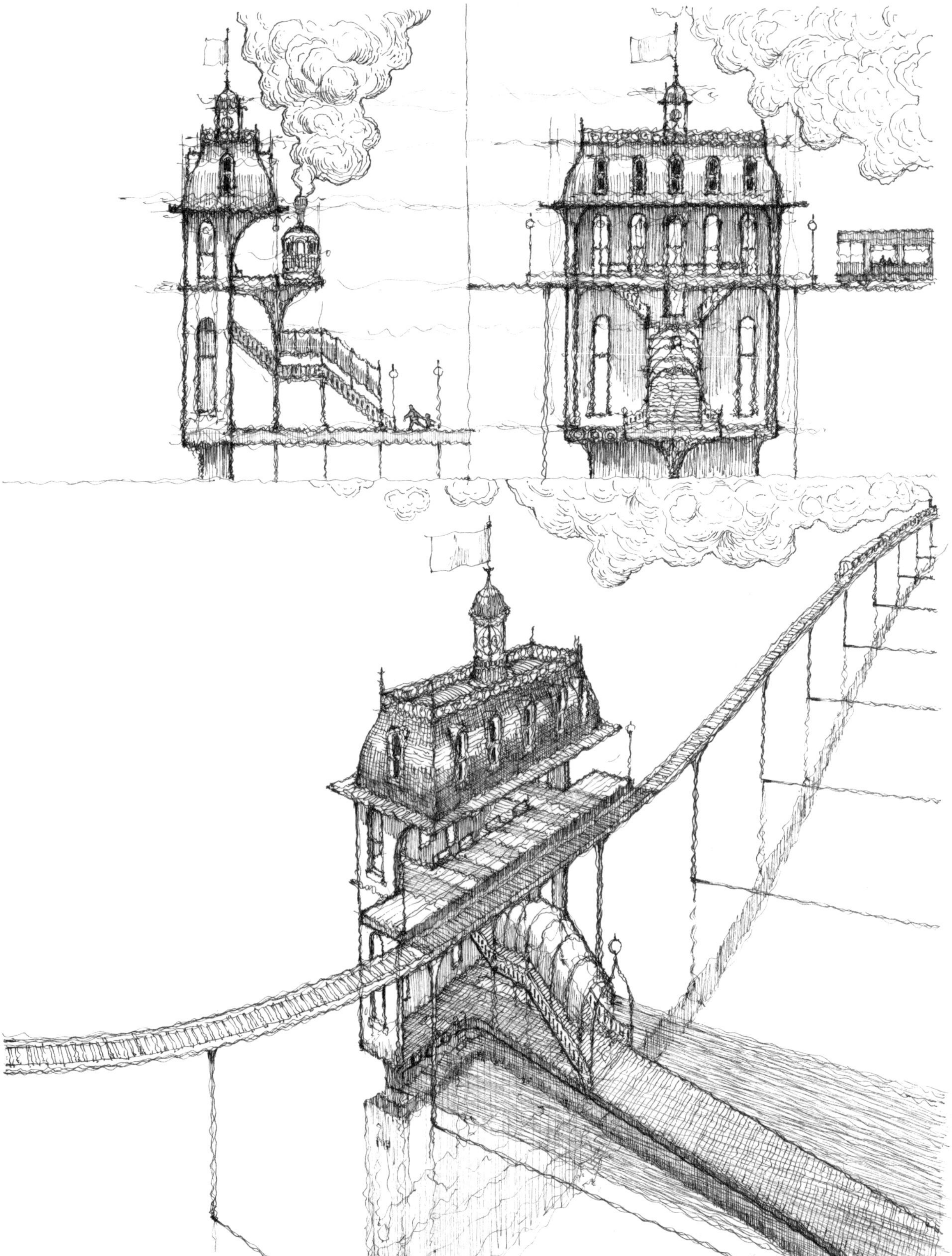

Die Fahrt nach Hause war lang.

Olivia beobachtete, wie die Welt an ihnen vorbeizog.

Für ihren Vater gab es nichts Wichtigeres auf der Welt als Olivia.
Auf seinen Schultern fühlte sie sich schwerelos.

HAUS

Der Zug brachte sie nach Hause, Bücher jedoch erlaubten ihnen
Reisen zu jedem Ort, den sie sich vorstellen konnten.

Heute konnte Olivia nicht einschlafen.
Morgen würde sie ihr erstes Abenteuer erleben.

Das Baummuseum war vor vielen Jahren von den
Letzten der Baumgeneration erbaut worden.

Auf den Stufen des Museums verabschiedete sich Olivia von ihrem Vater, bevor sie mit ihrer Klasse hineinging.

Seit Olivia denken konnte,
sehnte sie sich danach, einem Baum zu begegnen.

Aber der letzte Baum war
schon vor langer Zeit gestorben.

Ein Gemälde zog Olivia in seinen Bann
und sie konnte ihre Augen nicht mehr abwenden.

Sie flüsterte seinen Namen:
„*Der letzte Baum*".

Und der Baum flüsterte zurück.

Olivia fehlten die Worte.

Sie unterhielten sich schweigend.

Sie begann zu klettern.

Der Weg nach oben war weit.

Der Weg nach unten war weit.

Um den Himmel zu erreichen,
ist es manchmal unausweichlich,
den Boden aus den Augen zu verlieren.

Olivia fühlte sich magisch angezogen
vom Meer der Bäume.

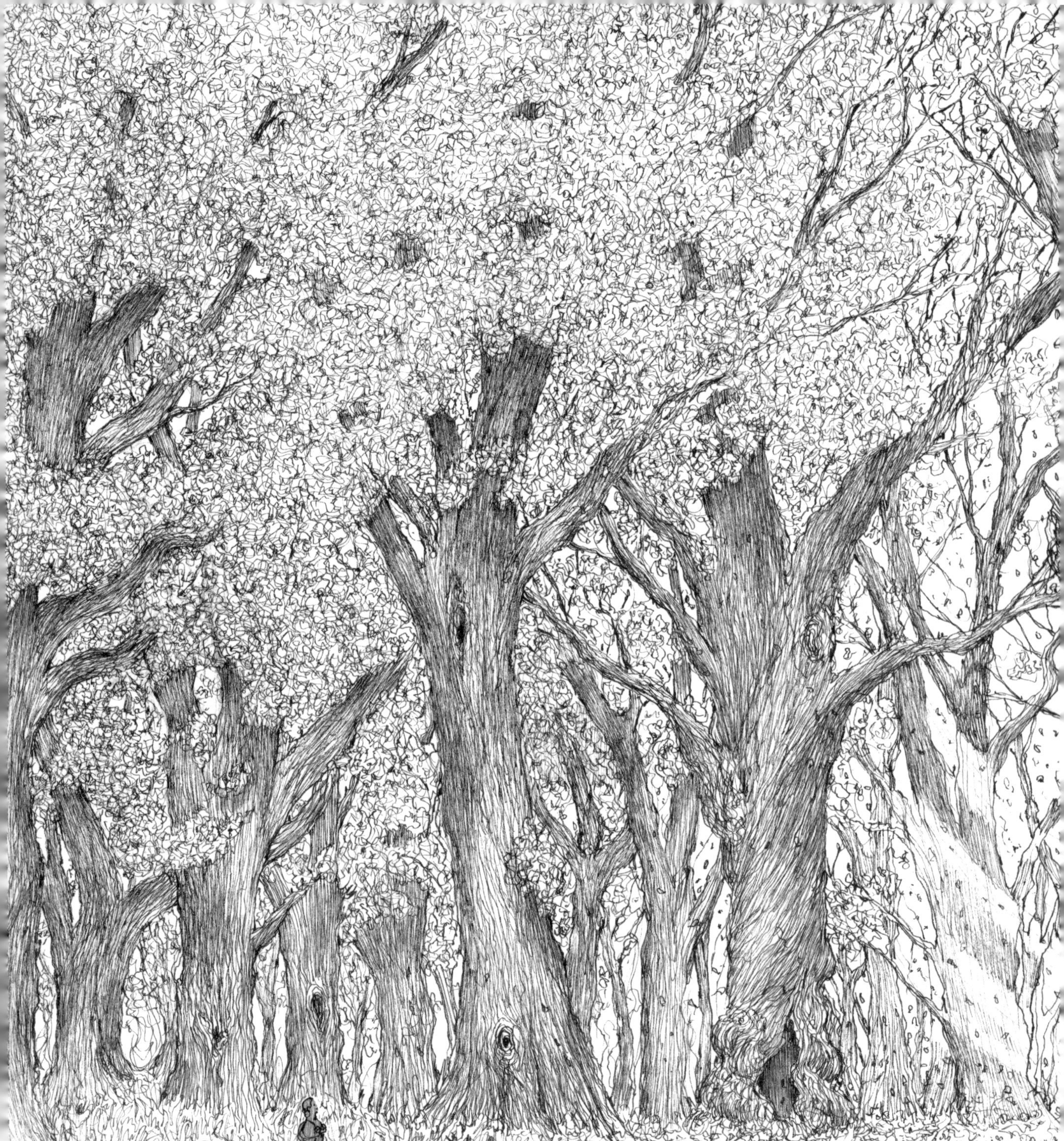

Hier verging die Zeit anders, es wurde in Jahreszeiten gezählt, nicht in Sekunden.

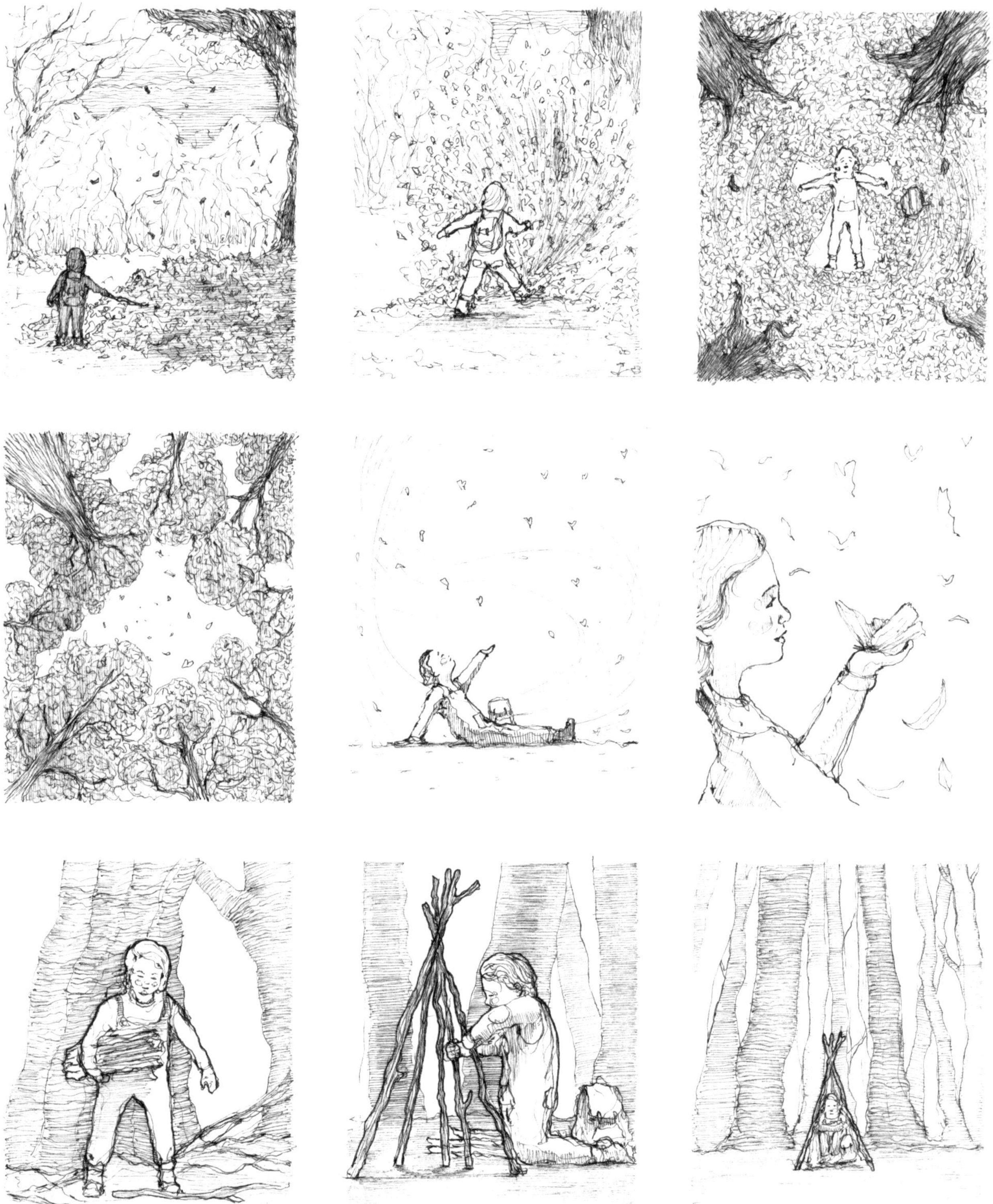

Tief im Wald fühlte Olivia sich verloren und doch geborgen.

Mit der Zeit bemerkte sie, dass sie
hier nicht als Einzige einsam war.

So also schlafen Bäume,
dachte Olivia.

Das Tageslicht wich der Dämmerung.

Olivia sah auf zum dunklen Nachthimmel
voller Staunen über die Fülle des Lichts.

Nicht immer strahlt der Himmel.

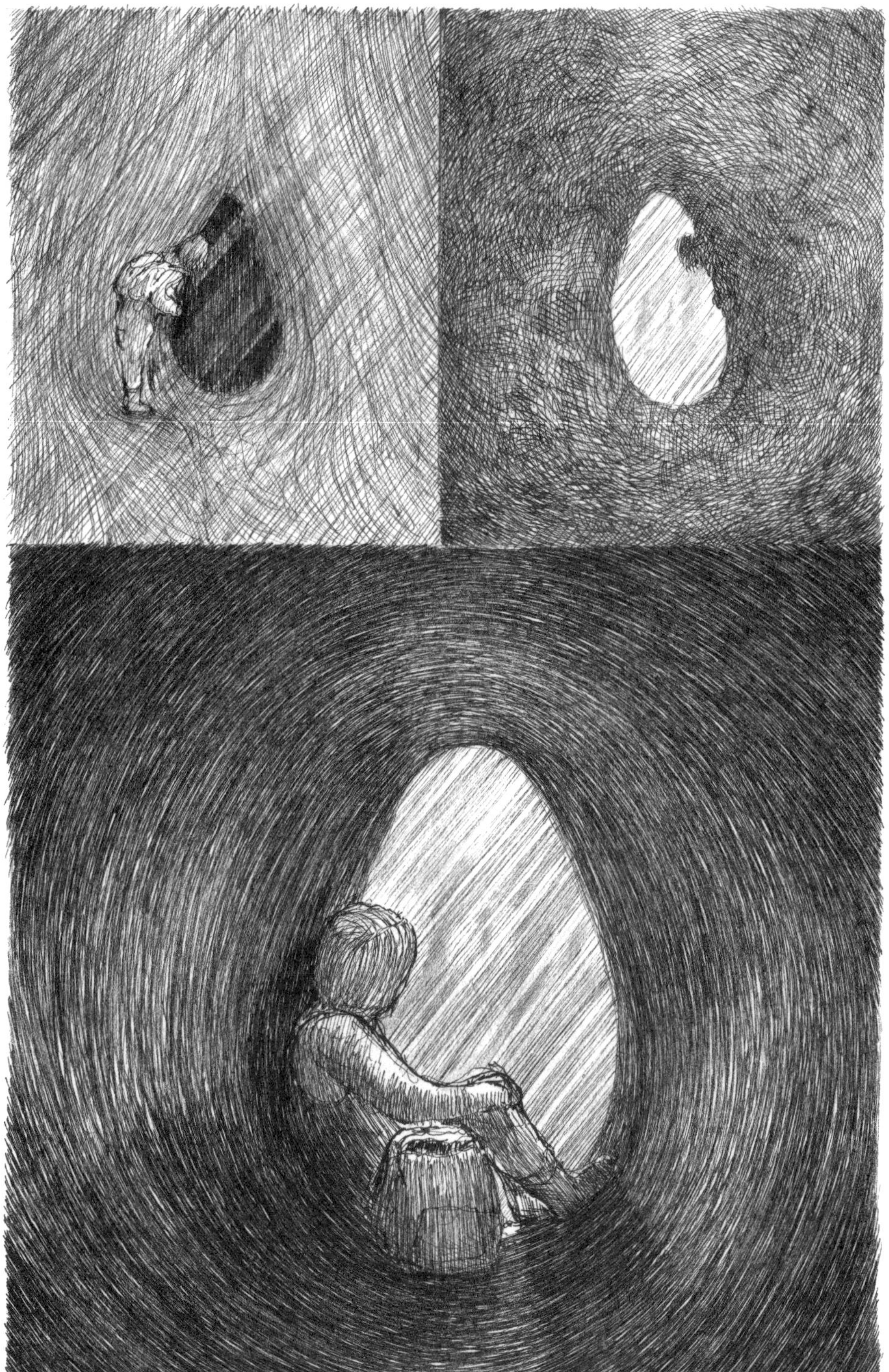

Aber selbst in tiefster Finsternis lässt sich Schutz finden.

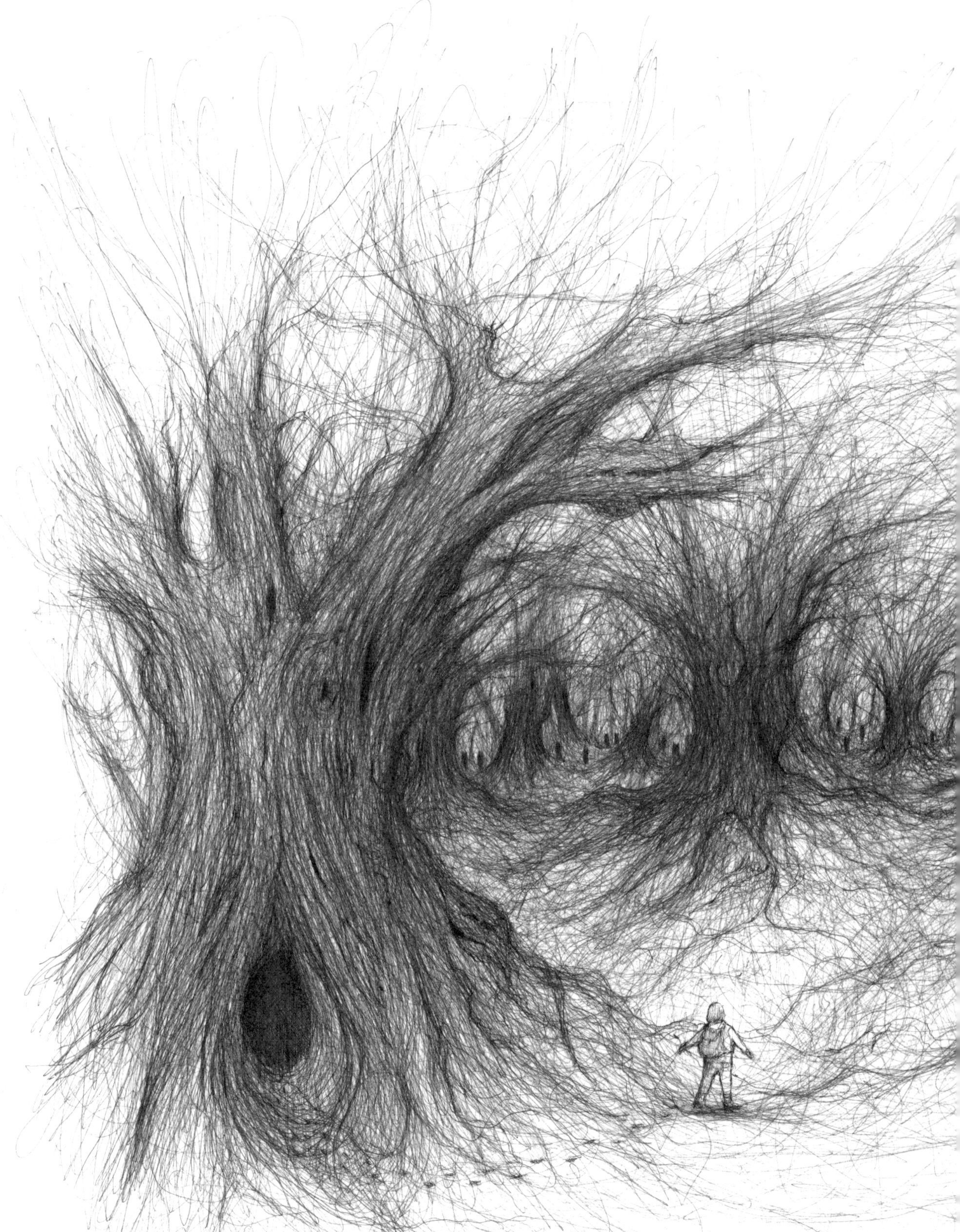

Als der Regen nachließ,
tauchten in der Ferne Schatten auf.

Sie rannte, so schnell sie konnte.

Vor manchem kann man nicht davonlaufen.

Doch Ängsten muss man sich nicht alleine stellen.

Erst als sie ihren Vater
warten sah, fühlte Olivia,
dass sie wirklich zu Hause war.

Er staunte über die Fantasie
seiner Tochter, bis sie ihm
den Samen hinhielt.

Da wussten beide,
was sie tun mussten.

Die Zeit verging und Olivia wachte über ihre Bäume,
so wie die Bäume über die Generationen nach ihr wachen würden.